Den sorte mand

Den sorte mand

ALDIVAN TORRES

Emily Cravalho

Canary Of Joy

CONTENTS

1 | 1

"Den sorte mand"
Emily Andrade Cravalho
Aldivan Torres
Den Sorte mand

Af: Aldivan Torres
Emily Andrade Cravalho
2020- Emily Andrade Cravalho
Alle rettigheder forbeholdes

Aldivan Torres, født i Brasilien, er litterær kunstner. Løfter med sine skrifter at glæde offentligheden og føre ham til glæden ved glæde. Når alt kommer til alt er sex en af de bedste ting, der findes.

Hengivenhed og tak

Jeg dedikerer denne erotiske serie til alle sexelskere og perverse som mig. Jeg håber at imødekomme alle sindssyge sandes forventninger. Jeg starter dette arbejde her med den overbevisning, at Amelinha, Belinha og deres venner vil gøre historie. Uden yderligere Dao, et varmt kram til mine læsere.

God læsning og masser af sjov.

Med kærlighed, forfatteren.

Præsentation

Amelinha og Belinha er to søstre født og opvokset i det indre af Pernambuco. Døtre til landbrugsfædre vidste tidligt, hvordan de skulle møde landets hårde vanskeligheder med et smil på ansigtet. Med dette nåede de deres personlige erobringer. Den første er en offentlig finansrevisor og den anden, mindre intelligent, er en kommunal lærer i grundlæggende uddannelse i Arcoverde.

Selvom de er lykkelige professionelt, har de to et alvorligt kronisk problem med forhold, fordi de aldrig fandt deres prins charmerende, hvilket er enhver kvindes drøm. Den ældste, Belinha, kom til at bo hos en mand et stykke tid. Imidlertid blev det forrådt, hvad der genererede i dets lille hjerte uoprettelige traumer. Hun blev tvunget til at skille sig og lovede sig selv aldrig at lide igen på grund af en mand. Amelinha, stakkels ting, hun kan ikke engang blive forlovet. Hvem vil gifte sig med Amelinha? Hun er en fræk brunette, tynd, mellemhøj, honningfarvede øjne, medium røv, bryster som vandmelon, bryst defineret ud over et fængslende smil. Ingen ved, hvad hendes virkelige problem er, eller rettere begge.

I forhold til deres interpersonelle forhold er de meget tæt på at dele hemmeligheder mellem dem. Da Belinha blev forrådt af en skurk, tog Amelinha smerterne hos sin søster og satte sig også for at lege med mænd. De to blev en dynamisk duo kendt som "Perverterede søstre". På trods af det elsker mænd at være deres legetøj. Dette er fordi der ikke er noget bedre end at elske Belinha og Amelinha selv et øjeblik. Skal vi lære deres historier at kende sammen?

Den sorte mand

Amelinha og Belinha såvel som store fagfolk og elskere er smukke og rige kvinder integreret i sociale netværk. Ud over selve sexet søger de også at få venner.

Én gang kom en mand ind i den virtuelle chat. Hans kaldenavn var "Sort mand". I dette øjeblik skælvede hun snart, fordi hun elskede sorte mænd. Legenden siger, at de har en ubestridt charme.

- Hej smukke! - Du kaldte den velsignede sorte mand.

- Hej, okay? - Svarede den spændende Belinha.

- Alt godt. Hav en god aften!

- Godnat. Jeg elsker sorte mennesker!

- Dette har rørt mig dybt nu! Men er der en særlig grund til dette? Hvad hedder du?

- Årsagen er min søster, og jeg kan godt lide mænd, hvis du ved hvad jeg mener. For så vidt som navnet går, selvom dette er et meget privat miljø, har jeg intet at skjule. Mit navn er Belinha. Det glæder mig at møde dig.

- Fornøjelsen er på min side. Mit navn er Flavius, og jeg er en meget flink!

- Jeg følte fasthed i hans ord. Du mener, at min intuition er rigtig?

- Jeg kan ikke svare på det nu, fordi det ville afslutte hele mysteriet. Hvad hedder din søster?

- Hendes navn er Amelinha.

- Amelinha! Smukt navn! Kan du beskrive dig selv fysisk?

- Jeg er blond, høj, stærk, langt hår, stor røv, mellemstore bryster, og jeg har en skulpturel krop. Og dig?

- Sort farve, en meter og firs centimeter høj, stærk, plettet, arme og ben tyk, pænt, synket hår og definerede ansigter.

- Av! Av! Du tænder mig!

- Du skal ikke bekymre dig om det. Hvem kender mig, glemmer aldrig.

- Vil du gøre mig skør nu?

- Undskyld det, skat! Det er bare for at tilføje en lille charme til vores samtale.

- Hvor gammel er du?

- Femogtyve år og din?

- Jeg er enogtredive år gammel og min søster fireogtyvende. På trods af aldersforskellen er vi meget tæt på. I barndommen forenede vi os for at overvinde vanskeligheder. Da vi var teenagere, delte vi vores drømme. Og nu, i voksenalderen, deler vi vores præstationer og frustrationer. Jeg kan ikke leve uden hende.

- Store! Denne følelse af dig er meget smuk. Jeg får lyst til at møde jer begge. Er hun så fræk som dig?

- På en god måde er hun den bedste til hvad hun gør. Meget smart, smuk og høflig. Min fordel er, at jeg er klogere.

- Men jeg kan ikke se et problem i dette. Jeg kan lide begge.

- Kan du virkelig lide det? Amelinha er en speciel kvinde. Ikke fordi hun er min søster, men fordi hun har et kæmpe hjerte. Jeg har lidt ondt af hende, fordi hun aldrig fik en brudgom. Jeg ved, at hendes drøm er at blive gift. Hun sluttede sig til mig i et oprør, fordi jeg blev forrådt af min ledsager. Siden da søger vi kun hurtige relationer.

- Jeg forstår det helt. Jeg er også pervers. Jeg har dog ingen særlig grund. Jeg vil bare nyde min ungdom. Du virker som store mennesker.

- Mange tak. Er du virkelig fra Arcoverde?

- Ja, jeg er fra centrum. Og dig?

- Fra Håber-kvarteret.

- Store. Bor du alene?

- Ja. I nærheden af busstationen.

- Kan du få besøg af en mand i dag?

- Det vil vi meget gerne. Men du skal håndtere begge dele. Okay?

- Bare rolig, kærlighed. Jeg kan klare op til tre.

- Åh ja! Sand!

- Jeg er der lige om lidt. kan du forklare placeringen?

- Ja. Det vil være min fornøjelse.

- Jeg ved, hvor det er. Jeg kommer deroppe!

Den sorte mand forlod rummet og Belinha også. Hun udnyttede det og flyttede til køkkenet, hvor hun mødte sin søster. Amelinha vaskede de snavsede retter til middag.

- Godnat til dig, Amelinha. Du vil ikke tro. Gæt hvem der kommer hen?

- Jeg aner ikke, søster. Hvem er han?

- Flavius. Jeg mødte ham i det virtuelle chatrum. Han bliver vores underholdning i dag.

- Hvordan ser han ud?

- Det er Sort Mand. Stoppede du nogensinde og tænkte, at det kunne være rart? Den stakkels mand ved ikke, hvad vi er i stand til!

- Det er det virkelig, søster! Lad os afslutte ham.

- Han falder sammen med mig! - Sagde Belinha.

- Ingen! Det vil være med mig-Besvaret Amelinha.

- En ting er sikkert: Hos en af os vil han falde- Belinha konkluderede.

- Det er sandt! Hvad med at vi gør alt klar i soveværelset?

- God ide. Jeg hjælper dig!

De to umættelige dukker gik til værelset og efterlod alt organiseret til hanens ankomst. Så snart de er færdige, hører de klokken ringe.

- Er det ham, søster? - Spurgte Amelinha.

- Lad os tjekke det sammen! - Han inviterede Belinha.

- Kom nu! Amelinha var enig.

Trin for trin passerede de to kvinder døren til soveværelset, passerede spisestuen og ankom derefter i stuen. De gik hen til døren. Når de åbner det, møder de Flavius charmerende og mandige smil.

- Godnat! Okay? Jeg er Flavius.

- Godnat. Det var så lidt. Jeg er Belinha, der talte til dig på computeren, og denne søde pige ved siden af mig er min søster.

- Dejligt at møde dig, Flavius! - sagde Amelinha.

- Dejligt at møde dig. Må jeg komme ind?

- Jo da! - De to kvinder svarede på samme tid.

Hingsten havde adgang til rummet ved at observere alle detaljer i indretningen. Hvad foregik der i det kogende sind? Han blev især rørt af hvert af de kvindelige eksemplarer. Efter et kort øjeblik kiggede han dybt ind i øjnene på de to ludere, der sagde:

- Er du klar til det, jeg er kommet til at gøre?

- Ubekræftede elskere!

Trioen stoppede hårdt og gik langt til det større rum i huset. Ved at lukke døren var de sikre på, at himlen ville gå i helvede på få sekunder. Alt var perfekt: Arrangementet af håndklæderne, sexlegetøj, pornofilmen, der spilles på loftets fjernsyn og den romantiske musik levende. Intet kunne fjerne glæden ved en dejlig aften.

Det første skridt er at sidde ved sengen. Den sorte mand begyndte at tage tøjet af de to kvinder af. Deres lyst og tørst efter sex var så stor, at de forårsagede en smule angst hos de søde damer. Han tog sin skjorte af, der viste brystkasse og mave, der var godt udarbejdet af den daglige træning i gymnastiksalen. Dine gennemsnitlige hår over hele denne region har trukket suk fra pigerne. Bagefter tog han bukserne af, så udsigten til hans Bo-undertøj blev følgelig vist hans volumen og maskulinitet. På dette tidspunkt tillod han dem at røre ved orgelet og gøre det mere oprejst. Uden hemmeligheder kastede han undertøjet væk og viste alt, hvad Gud gav ham.

Han var 22 centimeter lang og 14 centimeter i diameter nok til at gøre dem vanvittige. Uden at spilde tid faldt de på ham. De startede med forspil. Mens den ene slugte sin pik i munden, slikkede den anden skrotposerne. I denne operation har det været tre minutter. Længe nok til at være helt klar til sex.

Så begyndte han at trænge ind i det ene og derefter ind i det andet uden præference. Transportens hyppige tempo forårsagede støn, skrig og flere orgasmer efter handlingen. Det var tredive minutter med vaginal sex. Hver halvdel af tiden. Derefter sluttede de med oral og analsex.

Ilden

Det var en kold, mørk og regnfuld nat i hovedstaden i alle skovengene i Pernambuco. Der var øjeblikke, hvor frontvindene nåede 100 kilometer i timen og skræmte de fattige søstre Amelinha og Belinha. De to persevererer mødtes i stuen i deres enkle bolig i kvarteret Håber. Uden noget at gøre, talte de lykkeligt om generelle ting.

- Amelinha, hvordan var din dag på landskontoret?

- Den samme gamle ting: Jeg organiserede skatte- og toldadministrationens skatteplanlægning, administrerede betalingen af skat, arbejdede i forebyggelsen og bekæmpelsen af skatteunddragelse. Det er hårdt arbejde og kedeligt. Men givende og godt betalt. Og dig? Hvordan var din rutine i skolen? - Spurgte Amelinha.

- I klassen passerede jeg indholdet, der vejledte de studerende på den bedst mulige måde. Jeg rettede fejlene og tog to mobiltelefoner af studerende, der forstyrrede klassen. Jeg gav også hold i adfærd, kropsholdning, dynamik og nyttige råd. Alligevel er jeg udover at være lærer deres mor. Bevis for dette er, at jeg ved pausen infiltrerede i klassen af studerende, og sammen med dem spillede vi humlebånd. Efter min mening er skolen vores andet hjem, og vi skal passe på de venskaber og menneskelige forbindelser, vi har fra det - svarede Belinha.

- Strålende, min lillesøster. Vores værker er fantastiske, fordi de giver vigtige følelsesmæssige og interaktionskonstruktioner mellem mennesker. Intet menneske kan leve isoleret, endsige uden psykologiske og økonomiske ressourcer - analyseret Amelinha.

- Jeg er enig. Arbejde er afgørende for os, da det gør os uafhængige af det fremherskende sexistiske imperium i vores samfund, sagde Belinha.

- Nemlig. Vi vil fortsætte i vores værdier og holdninger. Mennesket er kun godt i sengen - Amelinha observeret.

- Apropos mænd, hvad syntes du om Christian? - spurgte Belinha.

- Han levede op til mine forventninger. Efter en sådan oplevelse beder mine instinkter og mit sind altid om mere genererende intern utilfredshed. Hvad er din mening? - Spurgte Amelinha.

- Det var godt, men jeg har også lyst til dig: ufuldstændig. Jeg er tør for kærlighed og sex. Jeg vil have mere og mere. Hvad har vi i dag? - Sagde Belinha.

- Jeg er løbet tør for ideer. Natten er kold, mørk og mørk. Hører du støj udenfor? Der er meget regn, kraftig vind, lyn og torden. Jeg er bange! - sagde Amelinha.

- Også mig! - Belinha tilstod.

I dette øjeblik høres en tordnende tordenbolt i hele Arcoverde. Amelinha hopper i skødet på Belinha, der skriger af smerte og fortvivlelse. Samtidig mangler elektricitet, hvilket gør dem begge desperate.

- Hvad nu? Hvad skal vi gøre Belinha? - Spurgte Amelinha.

- Gå af mig, tæve! Jeg får lysene! - Sagde Belinha. Belinha skubbede forsigtigt sin søster til siden af sofaen, da hun famlede væggene for at komme til køkkenet. Da huset er relativt lille, tager det ikke lang tid at gennemføre denne operation. Ved hjælp af takt tager han lysene i skabet og tænder dem med tændstikkerne strategisk placeret oven på komfuret.

Med lyset tændt vender hun roligt tilbage til det rum, hvor han møder sin søster med et mystisk smil bredt åbent i ansigtet. Hvad gik hun på?

- Du kan lufte, søster! Jeg ved, du tænker noget- Sagde Belinha.

- Hvad hvis vi kaldte byens brandvæsen for at advare om en brand? Sagde Amelinha.

- Lad mig få det lige ud. Vil du opfinde en fiktiv ild for at lokke disse mænd? Hvad hvis vi bliver arresteret? - Belinha var bange.

- Min kollega! Jeg er sikker på, at de vil elske overraskelsen. Hvad bedre skal de gøre på en mørk og kedelig nat som denne? sagde Amelinha.

- Du har ret. De vil takke dig for det sjove. Vi vil bryde ilden, der fortærer os indefra. Nu kommer spørgsmålet: Hvem har modet til at kalde dem? spurgte Belinha.

- Jeg er meget genert. Jeg overlader denne opgave til dig, min søster - Said Amelinha.

- Altid mig. Okay. Uanset hvad der sker, konkluderede Belinha.

Stå op fra sofaen, Belinha går til bordet i hjørnet, hvor mobilen er installeret. Hun ringer til brandvæsenets alarmnummer og venter på at blive besvaret. Efter et par hånd, hører han en dyb, fast stemme tale fra den anden side.

- Godnat. Dette er brandvæsenet. Hvad vil du have?

- Mit navn er Belinha. Jeg bor i Håber-kvarteret her i Arcoverde. Min søster og jeg er desperate over al denne regn. Da elektricitet gik ud her i vores hus, forårsagede en kortslutning og begyndte at tænde genstandene. Heldigvis gik min søster og jeg ud. Ilden fortærer langsomt huset. Vi har brug for hjælp fra brandmændene - sagde bedrøvet pigen.

- Tag det roligt, min ven. Vi er der snart. Kan du give detaljerede oplysninger om din placering? - Spurgte brandmanden på vagt.

- Mit hus ligger nøjagtigt på Central Avenue, tredje hus til højre. Er det okay med jer?

- Jeg ved, hvor det er. Vi er der om et par minutter. Være rolig- Sagde brandmanden.

- Vi venter. Tak skal du have! - Tak Belinha.

Da de vendte tilbage til sofaen med et bredt grin, slap de to af deres puder og fnysende af det sjove, de gjorde. Dette anbefales dog ikke at gøre, medmindre de var to ludere som dem.

Cirka ti minutter senere hørte de et bank på døren og gik for at besvare det. Da de åbnede døren, stod de over for tre magiske ansigter, hver med sin karakteristiske skønhed. Den ene var sort, seks meter høj, ben og arme medium. En anden var mørk, en meter og halvfems høj, muskuløs og skulpturel. En tredjedel var hvid, kort, tynd, men meget glad. Den hvide dreng vil præsentere sig selv:

- Hej mine damer, godnat! Mit navn er Roberto. Denne mand ved siden af hedder Matthew og den brune mand, Philip. Hvad hedder du, og hvor er ilden?

- Jeg er Belinha, jeg talte til dig i telefonen. Denne brunette her er min søster Amelinha. Kom ind, så forklarer jeg det for dig.

- Okay - De modtog de tre brandmænd på samme tid.

Kvintetten kom ind i huset, og alt virkede normalt, fordi elektriciteten var vendt tilbage. De slår sig ned i sofaen i stuen sammen med pigerne. Mistænkelige, de fører samtale.

- Ilden er forbi, er det? Spurgte Matthew.

- Ja. Vi kontrollerer det allerede takket være en stor indsats - forklarede Amelinha.

- Medlidenhed! Jeg har lyst til at arbejde. Der ved kasernen er rutinen så ensformig, sagde Felipe.

- Jeg har en idé. Hvad med at arbejde på en mere behagelig måde? - foreslog Belinha.

- Du mener, at du er, hvad jeg synes? - Spurgte Felipe.

- Ja. Vi er enlige kvinder, der elsker glæde. I humør til sjov? spurgte Belinha.

- Kun hvis du går nu - svarede sort mand.

- Jeg er også med - bekræftede den brune mand.

- Vent på mig - Den hvide dreng er tilgængelig.

- Så lad os - sagde pigerne.

Kvintetten gik ind i lokalet og delte en dobbeltseng. Så begyndte sexologien. Belinha og Amelinha skiftede for at overvære glæden ved de tre brandmænd. Alt virkede magisk, og der var ingen bedre følelse end at være sammen med dem. Med forskellige gaver oplevede de seksuelle og positionelle variationer, der skabte et perfekt billede.

Pigerne syntes umættelige i deres seksuelle ild, hvad der gjorde disse fagfolk gale. De gik igennem natten og havde sex, og fornøjelsen syntes aldrig at ende. De gik ikke, før de fik et presserende opkald fra arbejde. De holdt op og gik for at besvare politiets rapport. Alligevel ville de aldrig glemme den vidunderlige oplevelse sammen med de "pervert-erede søstre".

Medicinsk konsultation

Det gik op for den smukke landskabet hovedstad. Normalt vågnede de to perverse søstre tidligt. Men da de rejste sig, følte de sig ikke godt. Mens Amelinha holdt nysne, følte hendes søster Belinha sig lidt kvalt. Disse fakta kom sandsynligvis fra den foregående aften i Virginia War Square, hvor de drak, kyssede på munden og fnysende harmonisk i den fredfyldte nat.

Da de ikke havde det godt og uden styrke til noget, sad de i sofaen religiøst og tænkte over, hvad de skulle gøre, fordi faglige forpligtelser ventede på at blive løst.

- Hvad gør vi, søster? Jeg er fuldstændig forpustet og udmattet - sagde Belinha.

- Fortæl mig om det! Jeg har hovedpine og begynder at få en virus. Vi er faret vild! - sagde Amelinha.

- Men jeg tror ikke, det er en grund til at gå glip af arbejde! Folk er afhængige af os! - Sagde Belinha

- Slap af, lad os ikke få panik! Hvad med at vi slutter os til det dejlige? - Foreslået Amelinha.

- Sig ikke til mig, at du tænker, hvad jeg tænker .... - Belinha var forbløffet.

- Det er rigtigt. Lad os gå til lægen sammen! Det vil være en god grund til at gå glip af arbejde, og hvem ved, sker ikke, hvad vi vil! - sagde Amelinha

- Rigtig god idé! Så hvad venter vi på? Lad os gøre os klar! spurgte Belinha.

- Kom nu! - Amelinha aftalt.

De to gik til deres respektive kabinetter. De var så begejstrede for beslutningen; de så ikke engang ud. Var det hele deres opfindelse? Tilgiv mig, læser, lad os ikke tænke dårligt på vores kære venner. I stedet vil vi ledsage dem i dette spændende nye kapitel i deres liv.

I soveværelset badede de i deres suiter, tog nye tøj og sko på, kæmmede deres lange hår, tog en fransk parfume på og gik derefter til køkkenet. Der knuste de æg og ost i to brød og spiste med en kølet juice. Alt var meget lækkert. Alligevel syntes de ikke at føle det, fordi angsten og nervøsiteten foran lægens aftale var gigantisk.

Med alt klar forlod de køkkenet for at forlade huset. For hvert skridt de tog, bankede deres små hjerter af følelses tænkning i en helt ny oplevelse. Velsignet være de alle! Optimisme greb dem og var noget, som andre skulle følge!

På ydersiden af huset går de til garagen. Når de åbner døren i to forsøg, står de foran den beskedne røde bil. På trods af deres gode smag i biler foretrak de populære frem for klassikerne af frygt for den almindelige vold, der findes i næsten alle brasilianske regioner.

Uden forsinkelse kommer pigerne ind i bilen og giver forsigtigt afkørslen, og en af dem lukker garagen og vender tilbage til bilen straks efter. Hvem kører er Amelinha med erfaring allerede ti år. Belinha har endnu ikke tilladelse til at køre.

Den meget korte rute mellem deres hjem og hospitalet foregår med sikkerhed, harmoni og ro. I det øjeblik havde de den falske følelse af at de kunne gøre noget. Modsat var de bange for hans list og frihed. De blev selv overrasket over de aktioner, der blev taget. Det var ikke for noget mindre, at de blev kaldt slutte god bastards!

Da de ankom til hospitalet, planlagde de aftalen og ventede på at blive kaldt. I dette tidsinterval benyttede de sig af at lave en snack og udvekslede meddelelser gennem mobilapplikationen med deres kære seksuelle tjenere. Mere kynisk og munter end disse var det umuligt at være!

Efter et stykke tid er det deres tur at blive set. Uadskillelige går de ind på plejekontoret. Når dette sker, har lægen næsten et hjerteanfald. Foran dem var der et sjældent stykke mand: En høj blond, en meter og halvfems centimeter høj, skægget, hår, der dannede en hes-

tehale, muskuløse arme og bryster, naturlige ansigter med et engleud-
seende. Allerede før de kunne udarbejde en reaktion, inviterer han:

- Sæt jer begge sammen!
- Tak skal du have! - De sagde begge.

De to har tid til at foretage en hurtig analyse af miljøet: foran ser-
vicebordet, lægen, stolen, hvor han sad og bag et skab. På højre side en
seng. På væggen ekspressionistiske malerier af forfatter Cândido Porti-
nari, der skildrer manden fra landet. Atmosfæren er meget hyggelig
og efterlader pigerne rolige. Atmosfæren af afslapning brydes af det
formelle aspekt af konsultationen.

- Fortæl mig hvad du føler, piger!

Det lød uformelt for pigerne. Hvor sød var den blonde mand!
Det må have været lækkert at spise.

- Hovedpine, lidelse og virus! - Fortalte Amelinha.
- Jeg er åndenød og træt! - Han hævdede Belinha.
- Det er ok! Lad mig kigge! Læg dig ned på sengen! - spurgte læ-
gen.

Luderne trak næppe vejret ved denne anmodning. Den profes-
sionelle fik dem til at tage en del af deres tøj af og følte dem i forskellige
dele, hvilket forårsagede kulderystelser og koldsved. Ved at indse, at der
ikke var noget seriøst med dem, spøgte ledsageren:

- Det hele ser perfekt ud! Hvad vil du have, at de skal være bange
for? En injektion i røvet?
- Jeg elsker det! Hvis det er en stor og tyk injektion endnu bedre!
- Sagde Belinha.
- Vil du søge langsomt, kærlighed? - sagde Amelinha.
- Du beder allerede for meget! - Noterede klinikeren.

Når han forsigtigt lukker døren, falder han på pigerne som et vildt
dyr. Først tager han resten af tøjet af ligene. Dette skærper hans libido
endnu mere. Ved at være helt nøgen beundrer han et øjeblik de skulp-
turelle væsner. Så er det hans tur til at vise sig. Han sørger for, at de
tager tøjet af. Dette øger samspillet og intimiteten mellem gruppen.

Når alt er klar, begynder de indledningen til sex. Brug af tungen i følsomme dele som anus, røv og øre, blondinen forårsager mini-fornøjelsesorgasmer hos begge kvinder. Alt gik fint, selv når nogen fortsatte med at banke på døren. Ingen vej ud, han er nødt til at svare. Han går lidt og åbner døren. Ved at gøre det støder han på vagthavende sygeplejerske: en slank mulat med tynde ben og meget lav.

\- Læge, jeg har et spørgsmål om en patients medicin: er det fem eller tre hundrede milligram aspirin? - Spurgte Roberto, der viste en opskrift.

\- Fem hundrede! - Bekræftet Alex.

I dette øjeblik så sygeplejersken fødderne på de nøgne piger, der prøvede at skjule sig. Lo inde.

\- Sjov lidt rundt, he, Doc? Ring ikke engang til dine venner!

\- Undskyld mig! Vil du være med i banden?

\- Jeg ville elske at!

\- Så kom!

De to kom ind i lokalet og lukkede døren bag sig. Mere end hurtigt tog mulatten tøjet af. Helt nøgen viste han sin lange, tykke, skæve mast som et trofæ. Belinha var meget glad og gav ham snart oralsex. Alex krævede også, at Amelinha gør det samme med ham. Efter mundtlig begyndte de anal. I denne del fandt Belinha det meget svært at holde fast i sygeplejerskens monsterhits. Men når det først kom ind i hullet, var deres glæde enorm. På den anden side følte de ingen problemer, fordi deres penis var normal.

Derefter havde de vaginal sex i forskellige positioner. Bevægelsen af frem og tilbage i hulrummet forårsagede hallucinationer i dem. Efter dette trin forenede de fire sig i et gruppekøn. Det var den bedste oplevelse, hvor de resterende energier blev brugt. Femten minutter senere var de begge udsolgt. For søstrene ville sex aldrig ende, men godt da de blev respekteret disse mænds skrøbelighed. De ønsker ikke at forstyrre deres arbejde og holder op med at tage certifikatet for berettigelse af arbejdet og deres personlige telefon. De forlod helt sammensatte uden at vække nogens opmærksomhed under hospitalets passage.

Ankomst til parkeringspladsen gik de ind i bilen og startede vejen tilbage. Glade som de er, tænkte de allerede på deres næste seksuelle ondskab. De perverterede søstre var virkelig noget!

Privat lektion

Det var en eftermiddag som enhver anden. Nybegyndere fra arbejde, de perverse søstre havde travlt med husarbejde. Efter at have afsluttet alle opgaverne samlede de sig i rummet for at hvile lidt. Mens Amelinha læste en bog, brugte Belinha det mobile internet til at gennemse sine yndlingswebsteder.

På et tidspunkt skriger det andet højt i rummet, hvilket skræmmer hendes søster.

-Hvad er det, pige? Er du skør? - Spurgte Amelinha.

-Jeg har lige fået adgang til webstedet for konkurrencer med en taknemmelig overraskelsesoplyst Belinha.

-Fortæl mig mere!

-Registreringer fra den føderale regionale domstol er åbne. Lad os gøre det?

-Godt opkald, min søster! Hvad er lønnen?

-Mere end ti tusind oprindelige dollar.

-Meget godt! Mit job er bedre. Jeg vil dog deltage i konkurrencen, fordi jeg forbereder mig på at lede efter andre begivenheder. Det vil tjene som et eksperiment.

-Du klarer dig meget godt! Du opmuntrer mig. Nu ved jeg ikke, hvor jeg skal begynde. Kan du give mig tip?

-Køb et virtuelt kursus, still en masse spørgsmål på testwebstederne, gør og gør om tidligere tests, skriv resuméer, se tips og download blandt andet gode materialer på internettet.

-Tak skal du have! Jeg tager alt dette råd! Men jeg har brug for noget mere. Se, søster, da vi har penge, hvad med at vi betaler for en privat lektion?

-Det havde jeg ikke tænkt på. Det er en god ide! Har du forslag til en kompetent person?

-Jeg har en meget kompetent lærer her fra Arcoverde i mine telefonkontakter. Se på hans billede!

Belinha gav sin søster sin mobiltelefon. Da hun så drengens billede var hun ekstatisk. Udover smuk var han smart! Det ville være et perfekt offer for parret, der sluttede sig til det nyttige til det behagelige.

-Hvad venter vi på? Hent ham, søster! Vi er nødt til at studere snart. - sagde Amelinha.

-Du har det! - Belinha accepterede.

Da hun rejste sig fra sofaen, begyndte hun at ringe op på telefonnumrene på numerisk tastatur. Når opkaldet er foretaget, tager det kun få øjeblikke at blive besvaret.

-Hej. Er du okay?

-Det hele er godt, Renato.

-Send ordene ud.

-Jeg surfede på Internettet, da jeg opdagede, at ansøgninger om den føderale regionale domstolskonkurrence er åbne. Jeg navngav mit sind straks som en respektabel lærer. Kan du huske skolesæsonen?

-Jeg husker den tid godt. Gode tider dem, der ikke kommer tilbage!

-Det er rigtigt! Har du tid til at give os en privat lektion?

- Hvilken samtale, ung dame! For dig har jeg altid tid! Hvilken dato sætter vi?

-Kan vi gøre det i morgen klokken 14:00? Vi er nødt til at komme i gang!

-Selvfølgelig gør jeg det! Med min hjælp siger jeg ydmygt, at chancerne for at passere stiger utroligt.

-Jeg er sikker på det!

-Hvor godt! Du kan forvente mig kl. 2:00.

-Mange tak! Vi ses i morgen!

-Vi ses senere!

Belinha lagde telefonen på og skitserede et smil til sin ledsager. Amelinha mistænkte svaret og spurgte:

-Hvordan gik det?

-Han accepterede. I morgen kl. 2:00 er han her.

-Hvor godt! Nerver dræber mig!

- Bare tag det roligt, søster! Det bliver okay.

-Amen!

- Skal vi forberede middag? Jeg er allerede sulten!

-Vel husket.!

Parret gik fra stuen til køkkenet, hvor der i et behageligt miljø blev snakket, spillet, kogt blandt andre aktiviteter. De var eksempler på søstre, der var forenet af smerte og ensomhed. Det faktum, at de var bastarder i sex, kvalificerede dem kun endnu mere. Som I alle ved, har den brasilianske kvinde varmt blod.

Kort tid efter brogede de omkring bordet og tænkte på livet og dets omskifteligheden.

- Når jeg spiser denne lækre kyllingestroganoff, husker jeg den sorte mand og brandmændene! Øjeblikke, der aldrig ser ud til at passere! - sagde Belinha!

- Fortæl mig om det! Disse fyre er lækre! For ikke at nævne sygeplejersken og lægen! Jeg elskede det også! - Husket Amelinha!

- Sandt nok, min søster! At have en smuk mast bliver enhver mand behagelig! Må feministerne tilgive mig!

-Vi behøver ikke at være så radikale ...!

De to griner og fortsætter med at spise maden på bordet. I et øjeblik var der intet andet noget. De så ud til at være alene i verden, og det kvalificerede dem til gudinder for skønhed og kærlighed. Fordi det vigtigste er at føle sig godt og have selvtillid.

Tillid til sig selv fortsætter de i familieritualet. I slutningen af dette stadium surfer de på internettet, lytter til musik i stereoanlægget i stuen, ser sæbeoperaer og senere en pornofilm. Dette jag efterlader dem åndeløse og trætte og tvinger dem til at hvile i deres respektive rum. De ventede ivrigt på den næste dag.

Det tager ikke længe, før de falder i en dyb søvn. Bortset fra mareridt finder nat og daggry sted inden for det normale interval. Så snart daggry kommer, rejser de sig op og begynder at følge den normale rutine: Bad, morgenmad, arbejde, vende hjem, bad, frokost, lur og flytte til det rum, hvor de venter på det planlagte besøg.

Når de hører banke på døren, rejser Belinha sig og svarer. Ved at gøre det støder han på den smilende lærer. Dette gav ham god intern tilfredshed.

-Velkommen tilbage, min ven! Klar til at lære os?

-Ja, meget, meget klar! Tak igen for denne mulighed! - sagde Renato.

-Lad os gå ind! - Sagde Belinha.

Drengen tænkte ikke to gange og accepterede pigens anmodning. Han hilste på Amelinha og på hendes signal sad han i sofaen. Hans første holdning var at tage den sorte strikkede bluse af, fordi den var for varm. Med dette efterlod han sin velarbejdede brystplade i gymnastiksalen, sveden dryppede og hans mørkhudede lys. Alle disse detaljer var et naturligt elskovsmiddel for de to "perverse".

Som om der ikke foregik noget, blev der indledt en samtale mellem de tre.

-Forberedte du en god klasse, professor? - Spurgte Amelinha.

-Ja! Lad os starte med hvilken artikel? - spurgte Renato.

-Jeg ved det ikke ... - sagde Amelinha.

-Hvad har vi det sjovt først? Efter at du tog din skjorte af, blev jeg våd! - Tilståede Belinha.

-Jeg sagde også - Amelinha.

-Du to er virkelig seksuelle gasninger! Er det ikke det, jeg elsker? - Sagde mesteren.

Uden at vente på svar tog han sine blå jeans af med lurens muskel, solbrillerne viste de blå øjne og til sidst undertøjet med en perfektion af lang penis, medium tykkelse og med trekantet hoved. Det var nok for de små ludere at falde på toppen og begynde at nyde den mandige, joviale krop. Med hans hjælp tog de deres tøj af og startede indledningen til sex.

Kort sagt var dette et vidunderligt seksuelt møde, hvor de oplevede mange nye ting. Det var næsten fyrre minutter med vild sex i fuldstændig harmoni. I disse øjeblikke var følelsen så stor, at de ikke engang bemærkede tid og rum. Derfor var de uendelige gennem Guds kærlighed.

Da de nåede ekstase, hvilede de lidt på sofaen. De studerede derefter de discipliner, der blev opkrævet af konkurrencen. Som studerende var de to hjælpsomme, intelligente og disciplinerede, hvilket læreren bemærkede. Jeg er sikker på, at de var på vej til godkendelse.

Tre timer senere holdt de op med at love nye studiemøder. Glade i livet gik de perverse søstre til at tage sig af deres andre pligter, der allerede tænkte på deres næste eventyr. De blev kendt i byen som "Den umættelige".

Konkurrenceprøve

Det er længe siden. I omkring to måneder dedikerede de perverse søstre sig til konkurrencen i henhold til den tilgængelige tid. Hver dag der gik forbi, var de mere forberedt på alt, hvad der kom og gik. Samtidig var der seksuelle møder, og i disse øjeblikke blev de befriet.

Testdagen var endelig ankommet. De to søstre forlod hovedstaden i baglandet og begyndte at gå motorvejen BR 232 på en samlet rute på 250 km. Undervejs passerede de forbi hovedpunkterne i det indre af staten: Pesqueira, Belo Jardim, São Caetano, Caruaru, Gravatá, Bezerros og Vitória de Santo Antão. Hver af disse byer havde en historie at fortælle, og fra deres erfaring absorberede de den fuldstændigt. Hvor godt det var at se bjergene, Atlanterhavsskoven, gårde, gårde, landsbyer, små byer og nippe til den rene luft, der kommer fra skovene. Pernambuco var en virkelig vidunderlig tilstand!

Når de kommer ind i byens omkreds, fejrer de den gode realisering af rejsen. Tag hovedvejen til kvarterets gode tur, hvor de ville udføre testen. På vejen står de overbelastet trafik, ligegyldighed fra fremmede, forurenet luft og manglende vejledning. Men endelig klarede de det. De kommer ind i den respektive bygning, identificerer sig selv og begynder testen, der varer to perioder. I løbet af den første del af testen er de helt fokuseret på udfordringen ved flere valg-spørgsmål. Godt udarbejdet af den bank, der var ansvarlig for begivenheden, førte til de mest forskelligartede udarbejdelser af de to. Efter deres mening havde de det godt. Da de tog pausen, gik de ud til frokost og en juice på en restaurant foran bygningen. Disse øjeblikke var vigtige for dem for at bevare deres tillid, forhold og venskab.

Derefter gik de tilbage til tekststedet. Derefter begyndte den anden periode af begivenheden med problemer, der beskæftiger sig med andre discipliner. Selv uden at holde det samme tempo, var de stadig meget opmærksomme i deres svar. De beviste på denne måde, at den bedste måde at bestå konkurrencer er ved at bruge meget på studier. Et stykke tid senere sluttede de deres tillidsfulde deltagelse. De overleverede beviserne, vendte tilbage til bilen og bevægede sig mod stranden i nærheden.

Undervejs spillede de, tændte for lyden, kommenterede løbet og avancerede i gaderne i Recife og så på de oplyste gader i hovedstaden, fordi det næsten var nat. De undrer sig over det skuespil, der ses. Ikke underligt, at byen er kendt som "tropernes hovedstad". Solnedgangen giver miljøet et endnu mere storslået udseende. Hvor dejligt at være der i det øjeblik!

Da de nåede det nye punkt, nærmede de sig bredden af havet og startede derefter i dets kolde og rolige vand. Følelsen fremkaldt er ekstatisk af glæde, tilfredshed, tilfredshed og fred. Når de mister tid, svømmer de, indtil de er trætte. Derefter ligger de på stranden i stjernelys uden frygt eller bekymring. Magi greb dem glimrende. Et ord, der skulle bruges i dette tilfælde, var "Umålelig".

På et tidspunkt, hvor stranden næsten er øde, er der en tilgang mellem to mænd fra pigerne. De forsøger at rejse sig og løbe i fare. Men de stoppes af drengens stærke arme.

- Tag det roligt, piger! Vi kommer ikke til at skade dig! Vi beder kun om lidt opmærksomhed og kærlighed! - En af dem talte.

Stillet over for den bløde tone lo pigerne af følelser. Hvis de ville have sex, hvorfor ikke tilfredsstille dem? De var mestre i denne kunst. Som svar på deres forventninger rejste de sig op og hjalp dem med at tage tøjet af. De leverede to kondomer og lavede en striptease. Det var nok til at gøre de to mænd vanvittige.

Når de faldt til jorden, elskede de hinanden parvis, og deres bevægelser fik gulvet til at ryste. De tillod sig alle seksuelle variationer og ønsker hos begge. På dette tidspunkt var de ligeglade med noget eller nogen. For dem var de alene i universet i et stort kærlighedsritual uden fordomme. I sex var de fuldt sammenflettede og producerede en magt, der aldrig før har været set. Ligesom instrumenter var de en del af en større kraft i livets fortsættelse.

Bare udmattelse tvinger dem til at stoppe. Fuldt tilfredse holdt mændene op og gik væk. Pigerne beslutter at gå tilbage til bilen. De begynder deres rejse tilbage til deres bopæl. Helt godt tog de deres oplevelser med sig og forventede gode nyheder om den konkurrence, de deltog i. De fortjente bestemt verdens bedste held.

Tre timer senere kom de hjem i fred. De takker Gud for velsignelserne ved at gå i seng. Den anden dag ventede jeg på flere følelser for de to galninge.

Lærerens tilbagevenden

Daggry. Solen stiger tidligt med sine stråler, der passerer gennem vinduesskikkerne, og kærtegner vores kære banes ansigter. Derudover hjalp den fine morgenbrise med at skabe stemning i dem. Hvor rart det var at have mulighed for endnu en dag med Faders velsignelse. Langsomt rejser de sig op fra deres respektive senge næsten på samme tid. Efter badning finder deres mødested i baldakinen, hvor de forbereder morgenmaden sammen. Det er et øjeblik med glæde, forventning og distraktion, der deler oplevelser på utroligt fantastiske tidspunkter.

Når morgenmaden er klar, samles de komfortabelt rundt om bordet på træstole med ryglæn til søjlen. Mens de spiser, udveksler de intime oplevelser.

Belinha

Min søster, hvad var det?

Amelinha

Ren følelse! Jeg husker stadig hver detalje i de kære røvhuller kroppe!

Belinha

Også mig! Jeg følte en stor fornøjelse. Det var næsten ekstrasensorisk.

Amelinha

Jeg ved! Lad os gøre disse skøre ting oftere!

Belinha

Jeg er enig!

Amelinha

Kunne du lide testen?

Belinha

Jeg elskede det. Jeg er ved at tjekke min præstation!

Amelinha

Også mig!

Så snart de var færdige med at fodre, hentede pigerne deres mobiltelefoner ved at få adgang til det mobile internet. De navigerede til organisationens side for at kontrollere feedbacken af beviset. De skrev det ned på papir og gik til værelset for at kontrollere svarene.

Inde sprang de af glæde, da de så den gode note. De var gået! Følelsen af følelser kunne ikke indeholdes lige nu. Efter at have fejret meget, har han den bedste idé: Inviter mester Renato, så de kan fejre missionens succes. Belinha er igen ansvarlig for missionen. Hun tager sin telefon og ringer.

Belinha

Hej?

Renato

Hej, er du okay? Hvordan har du det, søde Belle?

Belinha

Meget godt! Gæt hvad der lige er sket.

Renato

Fortæl mig ikke dig ....

Belinha

Ja! Vi bestod konkurrencen!

Renato

Mine lykønskninger! Har jeg ikke fortalt dig det?

Belinha

Jeg vil gerne takke dig meget for dit samarbejde på alle måder. Du forstår mig, ikke?

Renato

Jeg forstår. Vi er nødt til at oprette noget. Fortrinsvis hjemme hos dig.

Belinha

Det var netop derfor, jeg ringede. Kan vi gøre det i dag?

Renato

Ja! Jeg kan gøre det i aften.

Belinha

Undre mig. Vi forventer dig derefter klokken otte om natten.

Renato

Okay. Kan jeg medbringe min bror?

Belinha

Selvfølgelig!

Renato

Vi ses senere!

Belinha

Vi ses senere!

Forbindelsen slutter. Når hun ser på sin søster, udleder Belinha en latter af latter. Nysgerrig spørger den anden:

Amelinha

Og hvad så? Kommer han?

Belinha

Det er okay! Klokken otte i aften genforenes vi. Han og hans bror kommer! Har du tænkt på orgie?

Amelinha

Fortæl mig om det! Jeg banker allerede af følelser!

Belinha

Lad der være hjerte! Jeg håber, det ordner sig!

Amelinha

-Det hele fungerer godt!

De to griner samtidig og fylder miljøet med positive vibrationer. I det øjeblik var jeg ikke i tvivl om, at skæbnen sammensværgende en sjov aften for den galne duo. De havde allerede nået så mange etaper sammen, at de ikke ville svækkes nu. De bør derfor fortsætte med at forgude mænd som et seksuelt spil og derefter kassere dem. Det var det mindste, race kunne gøre for at betale for deres lidelse. Faktisk fortjener ingen kvinde at lide. Eller rettere sagt, næsten enhver kvinde fortjener ingen smerte.

Tid til at komme på arbejde. Når de forlader rummet allerede klar, går de to søstre i garagen, hvor de forlader i deres private bil. Amelinha tager Belinha først i skole og går derefter til landskontoret. Der udstråler hun glæde og fortæller de professionelle nyheder. Til godkendelse af konkurrencen modtager han alle tillykke. Det samme sker med Belinha.

Senere vender de hjem og mødes igen. Derefter begynder forberedelsen til at modtage dine kolleger. Dagen lovede at blive endnu mere speciel.

Præcis på det planlagte tidspunkt hører de banker på døren. Belinha, den klogeste af dem, rejser sig og svarer. Med faste og sikre trin sætter han sig selv ind i døren og åbner den langsomt. Efter afslutningen af denne operation visualiserer han brødrene. Med et signal fra værtinden går de ind og sætter sig i sofaen i stuen.

Renato

Dette er min bror. Hans navn er Ricardo.

Belinha

Dejligt at møde dig, Ricardo.

Amelinha

Du er velkommen her!

Ricardo

Jeg takker jer begge. Fornøjelsen er på min side!

Renato

Jeg er klar! Kan vi bare gå til værelset?

Belinha

Kom nu!

Amelinha

Hvem får hvem nu?

Renato

Jeg vælger Belinha selv.

Belinha

Tak, Renato, tak! Vi er sammen!

Ricardo

Jeg bliver glad for at blive hos Amelinha!

Amelinha

Du skal ryste!

Ricardo

Vi får at se!

Belinha

Lad så festen begynde!

Mændene anbragte kvinderne forsigtigt på armen og bar dem op til senge i en af dem. Ankom til stedet tager de tøjet af og falder i de smukke møbler, der starter kærlighedsritualet i flere positioner, udveksler kærtegn og medvirken. Spændingen og glæden var så stor, at de producerede støn kunne høres på tværs af gaden, der skændende naboerne. Jeg mener ikke så meget, fordi de allerede vidste om deres berømmelse.

Med konklusionen fra toppen vender de elskende tilbage til køkkenet, hvor de drikker juice med kager. Mens de spiser, chatter de i to timer og øger gruppens interaktion. Hvor godt det var at være der og lære om livet og hvordan man kunne være lykkelig. Tilfredshed er at være godt med dig selv og med at verden bekræfter sine oplevelser og værdier, før andre bærer sikkerheden om ikke at kunne dømmes af andre. Derfor var det maksimale, de troede på, "Hver enkelt er sin egen person".

Ved aften siger de endelig farvel. Besøgende forlader de "Kære Pyrenæer" endnu mere euforiske, når de tænker på nye situationer. Verden vendte bare mod de to fortrolige. Må de være heldige!

Ende

9 786599 415975

Printed by Libri Plureos GmbH in Hamburg,
Germany